LENOS POCKET 46

Blaise Cendrars

# Abhauen

*Erzählung*

*Aus dem Französischen*
*von Giò Waeckerlin Induni*

*Mit einem Nachwort*
*von Peter Burri*

Lenos Verlag

Titel der französischen Originalausgabe:
*Partir*


LENOS POCKET 46

Erste Auflage 1998

Satz und Gestaltung: Lenos Verlag, Basel
Umschlag: Anne Hoffmann Graphic Design, Basel
Fotos: Katrin Zickendraht
Printed in Germany

ISBN 3 85787 646 8

# Abhauen

Im Frühling 1910 stand ich in meinem dreiundzwanzigsten Lebensjahr. Ich hatte den ganzen Winter in Paris verbracht – lesend, rauchend, in meinem Zimmer musizierend, sehr einsam und unbekannt. Freunde hatte ich keine. Ich wohnte damals in einem Hotelzimmer an der Rue Saint-Jacques, wo ich mich oft wochenlang einschloss und niemanden sehen wollte; es konnte aber auch geschehen, dass ich – eifrig bemüht, eine kleine Erbschaft, die mir eine alte, in der Provinz verstorbene Tante hinterlassen hatte, möglichst schnell durchzubringen ... und zu vertrinken! –, ebenfalls wochenlang, in der Unterwelt der Metropole verschwand. In einer jugendlichen Verzweiflung aus Stolz und Auflehnung, Lust und Ekel, stürzte ich mich in diese neuentdeckte Welt, ähnlich wie Baudelaire – heute gebe ich mir Rechenschaft darüber – von einem Bedürfnis nach Provokation, nach Angeberei, nach Ausschweifung getrieben.

Im Grunde war ich sehr stolz auf meinen Umgang mit Ganoven, von denen es mancher recht weit gebracht hat oder ein paar Jahre später gar berühmt geworden ist; jener Pionier am Place des Ternes zum Beispiel, *Dédé der Aal*, auch der *Ungreifbare* genannt, ist er doch der erste Autodieb gewesen, vielleicht werde ich eines Tages die Geschichte seiner märchenhaften Karriere schreiben, denn ich treffe ihn heute noch ab und zu, er ist auch der erste gewesen, der meine Bücher gelesen hat, aus diesem Grund allein verdient er meine Freundschaft, wäre es auch nur des blinden Vertrauens wegen, das er immer in mich gesetzt hat; oder jener geniale, hunds-

GUIN
EXPULSION
NON
GUIN

föttische, verkrüppelte, affenartige, epileptische, an Krücken gehende Kerl, die Verkörperung des Bösen selbst, der mehr als berüchtigte *Libertad,* ein unbezähmbarer Individualist, der schliesslich an einem regnerischen Abend beim Verlassen einer Zusammenkunft von Freidenkern und Malthusianern beiderlei Geschlechts an der Rue du Chevalier-de-la-Barre, wo er nicht aufgehört hatte zu geifern, zu rülpsen und die Frauen zu beschimpfen, von einem wütenden anarchistischen Plakatkleber in einer Nische des Zaunes, der damals Sacré-Coeur umgab, mit einem Leimtopf erschlagen wurde; oder auch jene zwei Halbwüchsigen, *Garnier der Kurze* und *Raymond der Klugscheisser,* die später unter die Guillotine gekommen sind und die ich jeweils in der Falschmünzer-Bar an der Rue Cujas traf.

Die Falschmünzer-Bar! Ich wette, dass André Gide nie den Fuss in diese Kneipe gesetzt hat, in der immer etwas los war, so etwas hätte sich im Milieu herumgesprochen, er hätte sonst eine ganz andere Geschichte geschrieben; Michel George-Michel hingegen, der sich oft da herumtrieb, hat den wunderlichsten Käuzen, die damals das Quartier Latin bevölkerten, ein schönes Buch gewidmet, *Bohème canaille*, zahlreiche verkommene Intellektuelle verkehrten dort, die ich brennend gerne näher kennenlernen wollte, unter anderem auch *Grossmaul*, jenen besoffenen Satan, einen Lumpensammler und Lebkuchenbäcker, Schrecken der Huren, dem nachgesagt wurde, er sei ein ehemaliger Lehrer (sein Ofen stand in einem Schuppen in der Rue de la Glacière, wo er auch seinen Müll lagerte); *Grossmaul*, der verhasste König des Boul'Mich' (*Da kommt der Kaiser, grüsst recht artig, fick mich in den Arsch!* verkündete er lauthals, wenn er Panik auslösend ein Kaffeehaus betrat und mit seinem Stock auf die Tischchen haute, um die Mädchen zu vertreiben, die er mit beissenden Sarkasmen und schrecklichen Verwünschungen überschüttete), und *Sokrates*, der zwar weniger Gift spuckte, aber viel durchtriebener war, viel berüchtigter, der dicke *Sokrates*, der Hundehändler, von dem man behauptete, er sei ein berühmter Chirurg gewesen, der „Unannehmlichkeiten" gehabt habe und der Gott weiss in was für einem infernalischen Hun-

dezwinger in der Gegend der Porte d'Italie – (ich bin ihm oft in einiger Entfernung gefolgt, es ist mir aber nie gelungen, im Gestrüpp der Drahtverhaue, der verschlungenen Pfade, der buckligen Böschungen, der ausgedienten Waggons, der Wohnwagen, der mit Disteln überwucherten Gemüsegärten, der verkläfften Vorgärtchen, der unzähligen kleinen Höfe hinter der Budenstadt, wo zerbrochenes Geschirr herumlag, es ist mir nie gelungen, mit Gewissheit herauszufinden, wo er sich verkroch, um seiner ruchlosen Tätigkeit nachzugehen) – widernatürliche Kreuzungen aus Hund und Katze züchtete, aus Affe und Kaninchen, die er dann mit sadistischer Impertinenz, mit obszönem Grinsen und abstossendem Gebaren den Luxushuren und den Nachtschwärmern auf den grossen Boulevards anbot; er stellte sich unter eine Strassenlaterne, wo er bis zum Morgengrauen ausharrte, eine grosse blaue Gärtnerschürze umgebunden, in deren grosser Bauchtasche es von winzigen, winselnden, belfernden Ungeheuern wimmelte (diese verabscheuungswürdige Gestalt hatte sich selbst den Namen *König der Scheissköter ... und der*

*Scheisshäuser* gegeben, was er seinen Kundinnen anzüglich zuflüsterte, während er das Geld entgegennahm und ihnen zynisch die Hand leckte).

Da waren auch noch ein paar andere harmlose Spitzbuben, auf die ich nicht näher eingehen möchte, all die *Joes* mit ihren grauen Schildmützen und die *Ich hau dir eine in die Fresse* und was weiss ich, in deren Begleitung ich mich in der Stadt herumtrieb und in den zahllosen Kneipen von Belleville, Grenelle oder an der Rue de la Biche-Blanche nächtelang am Tresen hing; drei, vier Strassenbienen möchte ich nicht mit Stillschweigen übergehen: *Jeanne die Irre,* ein Tanzmädchen im Bal Bullier, heute durch Heirat eine echte Prinzessin; *Meine Kumpel,* die ermordet an der Stadtmauer aufgefunden worden ist; die dicke Bertha, *Berthe die Fleischerin,* die von den Ufern des Point-du-Jour herabgestiegen war, um an den Champs-Elysées anzuschaffen, wo sie nachts, wenn die Metro nicht mehr fuhr, im Gebüsch ihren Geschäften nachging; und dieses fröhliche Ding, die Renée, die *Renée aus dem Odeon* mit ihrem

FRANCE-PRESSE
TABAC
BIERE BELGE
LAMOT
A LA PRESSION
TABAC
NATIONAL

hellen Lachen, Malermodell oder Statistin, wenn sie zufällig mal Lust dazu hatte, weit häufiger aber im *Aux Cinq Coins* an der Kreuzung der Rue de Buci an ihrem Aperitif nippend anzutreffen – ein berühmter und versnobter Maler, Mitglied eines exclusiven Clubs, der in der Nähe des Etoile, an der Rue Lauriston, wohnte, ein entfernter Verwandter von mir, wollte sie eines Tages sogar heiraten – und deretwegen sich die Männer duellierten oder sich unauslöschliche Tätowierungen anbringen liessen und von der niemand mehr etwas gehört hat, weder in der Rue Saint-André-des-Arts, wo sie „arbeitete" und „abstieg", noch in der Rue de la Gaîté, wo ihre Mutter immer noch wohnt, in einer Pförtnerloge zuhinterst in einer Sackgasse im Schatten einer feuchten Mauer, welche die Russschwaden, der Blechkamin, das Zinkfähnchen eines Waschhauses überragen, und ihr Vater führt dort immer noch eine kleine Schusterwerkstatt (ein Dompfaff mischt sich respektlos in das unterwürfige Geplapper der zwei Alten, wenn man in das Kabuff tritt, um nach ihrer entflogenen, entschwundenen Tochter zu fragen, und ich bin vielleicht der einzige, der ihr Lachen noch klingeln hört).

Ich war mächtig stolz darauf, in allen möglichen und unmöglichen übelbeleumdeten Etablissements zu verkehren, unangenehm aufzufallen, Witze zu reissen, Streit vom Zaun zu brechen oder mich mit allerlei Leuten herumzuprügeln; da ich aber schon allerhand erlebt hatte und ich immer dickköpfig gewesen bin, wenn der Umgang mit der feinen Gesellschaft mich langweilte, so drängte sich die schlechte, die ich suchte –

aus Mutwille und vielleicht auch unterschwellig gedrängt, getrieben, gequält von einer Art literarischem Juckreiz, der in mir zu keimen begann und dem zu misstrauen ich noch nicht gelernt hatte, oder ganz einfach, wie jeder Anfänger, von meiner damaligen Lektüre beeinflusst: Remy de Gourmont und Jean Lorrain, deren gesammelte Werke ich in einer Erstausgabe besass; und die Prosa von Verlaine und die kurzen Prosagedichte von Baudelaire; und Restif de la Bretonne, Oscar Wilde, Huysmans, der mich tief geprägt hatte, und Gérard de Nerval, Villon,

Rutebeuf, den ich auswendig kannte; und Petrus Borel, der *Werwolf*, und Barbey d'Aurevilly, der *Stallmeister der Literatur*, die mich alle beide nachdenklich stimmten und nicht befriedigten; die gute alte Tante Champfleury, dieser schlampige Dickwanst, dessen *Exzentriker* mich hell begeisterten; die eleganten, die zartfühligen, die ruhelosen, die sehr modernen Gebrüder Goncourt, an welche mich später die manierierte Neurasthenie eines Proust – (was nichts daran ändert, dass er tatsächlich neurasthenisch war, und dass sich der arme Marcel seiner Krankheit bediente, um mit seiner Einsamkeit möglichst haushälterisch umzugehen, ist umso tragischer, und schliesslich schnappte er tatsächlich über, denn wurde nicht etwa getuschelt, er habe sich zu Tode gehungert, um gewisse Kreise so lange wie möglich damit zu beeindrucken? Seine Freunde, die Zeit seines Lebens nichts von ihm gelesen hatten, weil sie sein Talent verkannten oder gar keine Ahnung hatten, dass er wirklich schreiben konnte, die aber nachher in den literarischen Salons das Maul aufrissen, um zu glänzen, und genüsslich die peinlichsten Einzelheiten über seinen extravaganten Tod verbreiteten) – oft erinnert hat; Tallemant des Réaux, der Spötter, der Boshafte, Lebhafte, Flinke, der Verführer, den Cocteau partout weder anerkennen noch nachahmen will, während er doch sonst seine Nase überall hineinsteckt und wie jener grosse Chronist aus dem 17. Jahrhundert einen wachen Verstand und Humor hat, einen scharfen Blick und ein sicheres Urteil, eine blumige Sprache, Bosheit, Verlogenheit, Gewandtheit, die notwendigen Beziehungen, die Unbarmherzigkeit und die Bissigkeit, um einen Kritiker abzugeben, der sich über die Sitten, die Neigungen, die Angewohnheiten, die *lustvollen Nächte und die Unlust* seiner Zeitgenossen amüsiert und über deren Weltgewandtheit oder Weltoffenheit, und wo doch Jean weder das Zeug noch den Atem eines unsterblichen Dichters hat, der zu sein er den Ehrgeiz hegt, nicht etwa durch majestätisches und erfolgloses Wackeln mit seinem Clownhintern oder durch die törichten Allüren eines abgetakelten achtzehnjährigen Stars (wie es seine göttliche Freundin De Noailles ihrer Lebtag getan hat, die Comtesse Anna, von den jasminduftenden idyllischen Ufern des Bosporus zu der abwechslungsweise von Blumen oder Kastanienlaub gesäumten Avenue Henri-Martin, wohin sie sich flüchtete, um ihre Kindheit wiederzufinden, und wo sie tatsächlich sehr schnell kindisch wurde, nachdem sie in vorgerücktem Alter eine ganze Saison lang die Muse des Völkerbundes gewesen war in einem von diesem *zu den Sternen geifernden Briand* betörten Genf, das verzückt zu den salbungsvollen Flötenklängen dieses Possenreissers, dieses durchtriebenen, senilen Vielfrasses tanzte), sondern indem er sich *à l'allemande* am Arschloch kratzt (apropos Anus, schlagt nach, was *Freud der Finnige* darüber in seinem Geschwafel über kindliche Verdrängungen schreibt; und wenn ich mich dazu herablasse, diesen Haarspalter zu zitieren, so geschieht es aus reiner Liebe zur Psychologie des Dichters, glaub es mir, mein lieber Jean, denn die Zeiten sind gekommen, nicht wahr, die Zeiten der Offenheit und der Aufrichtigkeit, und auch wenn er eine Krake ist, die sich in die Nacht des Unbewussten flüchtet, kann man die Tintenwolke, in der er sich versteckt, verdünnen und den Dichter mit anderen Präzisionsinstrumenten fassen als nur mit dem einzigen, prophetischen Schlüssel zu den Träumen oder durch die Mythomanie); der wunderbare Kenner der Frauenleiber und der Frauenherzen (was eins ist), *Brantôme der Realist,* und jener Verächter der Grossen, *Saint-Simon der Prächtige;* und, bunt durcheinander, die *Patrologie* von Migne (wie sehr möchte ich doch mehr über dein Leben wissen, kleiner Pater Migne, der du im Winter in deiner Werkstatt in Montrouge barfüssig zwischen den Maschinen herumeiltest, die unermüdlich christliches Griechisch und Latein druckten und auch die einzige wahre Dichtung unseres Planeten, die der Mystiker: *Ich will von einer neuen Leidenschaft singen / Es ist die Leidenschaft des Himmels ...*), die gelehrten Werke (doch wie schnell die Gelehrsamkeit aus der Mode kommt) von Jacob, dem Bibliophilen; die erotischen, eigens für diesen Geizhals neu herausgegebenen Schriften (und wenn sie zualledem noch bebildert sind, sind sie von einer Langeweile, von einer Langeweile ...) für den lächerlichen Isidore Lisieux, der sich dabei ruinierte

– so drängte sich die schlechte Gesellschaft, die ich suchte, mir nicht auf und machte mir nichts vor, und wenn ich mir auch in dieser Rolle so sehr gefiel, dass ich mich sogar dazu hinreissen liess, mich über mein wahres Ich hinwegzutäuschen, so täuschte ich mich weder über die Leute noch über ihre Umgebung noch über ihr Leben, denn je mehr man in die verwirrende, wimmelnde Unterwelt einer Grossstadt eindringt, desto mehr stellt man fest, dass wie überall sonst – handle es sich nun um redliche Bürger, Arbeiter, Reiche oder Arme – die Laster, die Schwindeleien, die Prahlereien, die wüstesten Ausschweifungen und die Unbotmässigkeit der Aufwiegler, der Anarchisten, der Zigeuner, der Apachen, der Diebe und der Mörder, kurz, der sogenannt Befreiten, geradezu konformistische Sitten und Bräuche sind; ich will damit sagen, dass all diese Entwurzelten eine Klasse bilden, eine Klasse, die ihre Traditionen und ihre Privilegien hat, ihre Moral, ihre Arbeit, ihre Gesetze und – so paradox dies auch klingen mag – die gleichen unumgänglichen vorgefassten Meinungen in bezug auf Ehre und Geld, die in allen anderen sozialen Schichten anzutreffen sind.

In Wirklichkeit war es so, dass ich mich in meinem Drang, frei zu sein (unabhängig war ich seit meinem vierzehnten Lebensjahr), in jenem Winter nirgends wohl fühlte, und dies war der Grund, warum ich immer wieder zu meinen Büchern zurückkehrte und ganze Nächte mit Lesen zubrachte ...

Der Winter war mild, lau und feucht gewesen.

Da es schon früh im Jahr etliche warme, regnerische Tage gegeben hatte, gefolgt von ein paar sonnigen Tagen, begannen nach den ersten Märzschauern die Kastanienbäume Knospen zu treiben, und unter den Bäumen des Jardin du Luxembourg roch es nach Frühling.

Meine absurde Lebensweise führte dazu, dass für mich die Nacht zum Tag wurde; so pflegte ich in den frühen Morgenstunden, kaum dass die Tore zum Park geöffnet wurden und bevor ich mich schlafen legte, an der frischen Luft eine letzte billige Zigarre zu rauchen oder meinen Kater zu vertreiben. Ich wanderte durch die Alleen, blätterte in den Morgenzeitungen und genoss mit bitterer Ironie – während rund um mich herum hinter dem grünenden Laubwerk die Grossstadt zum Leben erwachte und die Pariser noch schläfrig zur Arbeit hasteten – die Schlagzeilen, welche Verbrechen verkündeten, Morde, Überschwemmungen, Brände, drohende Kriege, Hiobsnachrichten, die sich mit meinen Gedanken vermischten, mit meinen Erlebnissen, mit meiner gewohnten Lektüre, welche die schönsten, die passendsten Bilder dazu lieferten und mich durch ihre geradezu ausschweifende Masslosigkeit in meiner Überspanntheit noch bestärkten.

Wenn ich meine Zigarre fertiggeraucht hatte, warf ich den Stummel in ein Blumenbeet und kehrte ins Hotel zurück, ging auf mein Zimmer und legte mich voller Weltverachtung ins Bett. Ich zog die Vorhänge zu, nahm ein

Buch zur Hand, denn ich hatte oft Mühe mit dem Einschlafen, oder wiederholte auf dem Rücken liegend einen Satz, hinter dem sich ein Abgrund öffnet; einen Satz, den ich heute zum letzten Mal zitiere, denn er erfüllt mich nicht mehr wie einst mit düsterer Genugtuung, einen Satz, der wie ein Leitmotiv immer wieder und in verschiedenen Versionen in Leonardo da Vincis *Buch von der Malerei* auftaucht, was mich auf den Gedanken gebracht hatte, diesen Satz in Musik umzusetzen und ihn in einer gewaltigen kosmischen Symphonie über die Sintflut erschallen zu lassen; ein anderes Kapitel aus dem gleichen Werk Leonardos hatte mir das Wesentliche dazu geliefert (*Die Sintflut*, ein Thema, das mich nicht losliess und an dem ich trotz allem sehr intensiv gearbeitet und mit dem ich mich in jenem Winter abgemüht habe; ein Thema, das ich für immer begraben zu haben glaubte, als ich im Frühling Paris verliess, ohne meine Symphonie zu Ende gebracht zu haben; ein Thema, das etwa zehn Jahre später plötzlich wieder von mir Besitz ergriff, in einer ganz anderen Weise, zu einer Zeit, in der ich von Musik nichts mehr hören wollte, weil ich im

Krieg meine rechte Hand verloren hatte; als ich in einer gewissen Nacht, von einem inneren Zwang getrieben – es war in Méréville, am 1. September 1917, an meinem Geburtstag, ich war dreissig und wohnte in einer verlassenen Scheune, ich hatte die Tür aus den Angeln gehoben, um mir einen Schreibtisch daraus zu machen, ich war ziemlich schlechter Laune, mürrisch und menschenscheuer denn je –, als ich in jener besagten Nacht, von einer Eingebung beseelt und von einem inneren Zwang getrieben, anfing, mit der linken Hand zu schreiben – der Türflügel, den ich auf zwei alte Kisten gelegt hatte, diente mir als Tisch, ich sass auf einem Heuballen, vor mir eine Kerze in einer leeren Weinflasche, und als ich den Kopf hob, um der Kanone zu lauschen, die in der Ferne Frankreichs Felder erschütterte, es drang wie ein unterirdisches Grollen aus der Tiefe der Nacht bis zu mir, sah ich die Sterne in den Spinnweben meiner luftigen Scheune funkeln –, und ich begann wie ein Wahnsinniger zu schreiben, mit der linken Hand, in einem Zug, ohne ein einziges Mal innezuhalten und ohne die Worte suchen zu müssen – und als es tagte, war ich ganz erstaunt, *das alles* geschrieben zu haben, denn ich hatte nicht gewusst, dass dieser Embryo in mir schlummerte, *La Fin du monde, filmée par l'Ange Notre-Dame,* ein kleines Buch, welches ein Filmemacher aus Spass geschrieben haben könnte, das keinen besonderen Anspruch erhebt, das oft als eines der bezeichnendsten Werke der modernen Literatur erwähnt worden ist und dessen typographische Darstellung einen entscheidenden Einfluss auf die Entwicklung der Druckkunst in Russland gehabt hat; für mich aber, wenn mein verlorener Arm mich schmerzt oder wenn ich trüben Gedanken nachhänge, ist es mit der Erinnerung an eine glückliche Arbeit verbunden, ein gar seltenes Gefühl in diesem undankbaren, in diesem einsamen Beruf des Schreibens, der nun seit jener denkwürdigen Nacht der meine ist, das Zeugnis eines langen, langsamen, schmerzlichen und zweifachen Vernarbungsprozesses – wenn nicht gar eine vollkommene Heilung).

Hier ist er, dieser exemplarische Satz, der *Slogan* Leonardo da Vincis:

*359. – Es will mich nicht dünken, dass ungeschlachte Menschen von niedrigen Sitten und kümmerlichem Geist einen so vollkommenen Organismus und einen derart komplizierten Mechanismus verdienen wie die kontemplativen und hochgeistigen Menschen. Die ersteren sind wie ein Sack, in den man Nahrung hineinstopft und aus dem sie unten wieder herauskommt. Sie sind mit einem Kanal zu vergleichen, der nur der Ernährung dient, denn nichts beweist mir, dass sie zur menschlichen Rasse gehören, einzig die Stimme und das Gesicht erinnern daran; was den Rest anbetrifft, sind sie viel eher den Tieren ähnlich.*

Und weiter:

*360. – Viele sind lediglich Kanäle, die einzig und allein der Nahrungsaufnahme dienen, sonst nichts. Man müsste sie Düngerproduzenten nennen und Latrinenfüller, denn das ist ihre einzige Aufgabe auf dieser Erde. Sie zeigen keinerlei andere Tugend ...* et caetera, et caetera, et caetera *flüstert die Schmeissfliege, während sie ihre Eier legt ... und nur überfliessende Latrinen werden von ihnen übrigbleiben.*

Eines Morgens nun, ich war wieder einmal betrunken, erledigt und noch verbitterter als sonst, erblickte ich auf dem Heimweg drei voll erblühte und fast unwirklich leuchtende taufrische Rosen in einer kreisförmig angelegten Rabatte, die von dem schmiedeisernen Gitter umsäumt war, welches den kleinen runden Springbrunnen auf dem Place de Médicis umgibt, und jäh bemächtigte sich meiner die Vision eines grossen Aufruhrs und eines Sturmes irgendwo in den Einöden dieser Erde, die Vision eines gewaltigen Windstosses, der die ganze Natur ins Wanken bringt, und ich verspürte eine unbändige Lust, auf und davon zu gehen, Paris den Rücken zu kehren, alles im Stich zu lassen, meine grossen Pläne und meine Zechbrüder, die Bücher, die Musik, meine zwielichtigen Kumpanen, meine Angewohnheiten, die Frauen ... nie mehr einen Fuss in eine Kneipe setzen, nicht mehr trinken, nicht mehr tanzen und mich mit all den Nichtsnutzen und Nichtsnutzinnen herumprügeln, mit den Anarchisten brechen, ein neues Leben beginnen, anderswohin gehen, egal wohin, weit weg ... allein ... allein sein ... herumirren ... mich in den überfluteten Feldern verlieren ... eine unbändige Lust ... den Kopf zu verlieren, mich umzusehen, zu gehen, immer geradeaus vor mich hin.

Weg von Paris! Nur weg.

Mich umsehen, die Dinge berühren, riechen, mitgerissen werden, wie mir schon einmal in der sibirischen Tundra geschehen war und ein weiteres Mal in den Steppen der Mongolei, mitgerissen von der Wucht des Frühlings.

Erleben, wie die alten roten Raben, wie die weissen, grauen oder blauen Krähen sich krächzend von den Frühlingsstürmen treiben lassen, wie sie in den Himmel gehoben werden und in einem besinnungslosen Taumel ihren Hochzeitsflug feiern. Ja! Wieder dorthin zurück, in diese Einöden zurück ...!

In einen weiten flatternden Mantel gehüllt alles noch einmal erleben; wenn der Frühling in Sturmeseile daherbraust, ich weiss, wie das ist, wurde ich doch selbst einst davon erfasst und abgetrieben, und vor meinen Augen vollzog sich das Wunder: ich sah, wie nach einer von Toben erfüllten Woche durch des Frühlings ungestüme Glut eine der ödesten Gegenden auf der Erdkugel, eine starre vereiste Ebene, eine sumpfige, mit Rauhreif, mit Schlamm bedeckte Einöde sich in einen gleissenden, schwindelerregenden Abhang verwandelte, in einen treibenden, gleitenden, grünen Ozean.

Wir hatten uns verirrt.
Wir waren von der Spur abgekommen.
Die Schneedecke brach.
Und die Eisschollen bersten eines Nachts.

Am Morgen ist der Nebelvorhang gerissen und zwei, drei Tage lang liefern sich die Wolken eine Hetzjagd.

Das Wasser schäumt in den Sümpfen und Seen. Die Torfmoore sind aufgewühlt. Die Moose, die Flechten, die Halme, das dürre brüchige Gras, das von den Schlittenkufen gemähte Schilf – sie werden ausgerissen, davongetragen.

Wir rücken eng zusammen und schauen.

Die Büsche, das Dickicht, das Gestrüpp, die sich bis zur schmalen Linie des Horizonts kräuseln, geraten plötzlich in Bewegung, setzen sich in Gang, marschieren, galoppieren, werden gehetzt. Auf der Heide, unter einem grauen, von azurblauen Löchern durchbrochenen Himmel, in dem gelbe Staubkreisel schwirrend emporgehoben werden, herumwirbeln, noch höher steigen, sich übereinanderschieben, sich fallen lassen, sich treiben lassen ... ducken sich verkrüppelte Bäume, knien nieder, bevor sie sich wie eine Herde ungezügelter Dromedare mit dem Wind auf einen wilden Wettlauf einlassen.

Eine Woche später, im Süden, weit weg, die chinesischen Wälder, die jahrhundertealten, die unverrückbaren, auch sie sind ganz aufgewühlt, schau, wie sie sich verrenken. Ein gewaltiger Atem beseelt sie, ein Fieberschauer schüttelt sie, und eine grosse Unruhe bemächtigt sich ihrer. Sie stöhnen. Sie keuchen. Sie ächzen. Sie schlagen mit Wipfeln und Ästen um sich, sie recken sich mächtig und winden sich, streifen die Jahrringe ab, entrollen ihren Schwanz gleich einem schlafenden Drachen, der zu träumen beginnt, der sich auf seinem Lager wälzt, ohne genau zu verstehen, wie ihm geschieht, woher diese Unruhe kommt, die ihn aus seinem legendenalten Schlaf reisst, die ihn brüsk aufrütteln wird, und er wird sich wütend, schnaubend, sträubend, geifernd, spuckend mit gesträubtem Kamm aufrichten und wutschäumend aufbrüllen, denn er glaubt sich von etwas Unsichtbarem, von einer nahenden Gefahr bedroht, was ihn in einen Zustand höchster Erregung versetzt, als hüte er todesmutig einen geheimnisvollen Schatz ...

Ja! Wie der Drache, wie die Wälder, wie die ganze Natur den Kopf verlieren in diesem imaginären Kampf mit dem Wind ... davon berauscht sein ... den Kopf in den Wolken verlieren ... sich treiben lassen ... wie könnte man sonst je verstehen, dass diese geballte Gewalt, dass diese Sturmböen, die einem um die Ohren brüllen, dass dieser Orkan, der einen mitreisst, dass dieser Sturm der jubelnde Atem des nahenden Frühlings ist, der spielerisch um die Erde hüpft, der sie behende von allen Seiten angreift, der sich entfernt, der sie verfolgt, sie belagert, sie plötzlich hinterrücks überfällt, der flieht, entschlüpft, eine plötzliche Kehrtwendung macht, daherrast, sich auf sie stürzt, zurückweicht, sich abweisend stellt, von ihr Besitz ergreift, sie umschlingt, ihr ein Bein stellt, und wie der Engel mit jeder Kreatur kämpft, der er begegnet, und sie zu Boden wirft, um sie auf die Probe zu stellen, unterwirft der Frühling die Natur, schlägt sie, umschlingt sie, liebkost sie, vergewaltigt sie, dringt in sie ein, bis sie lustvoll wimmert ...

Ich kletterte über die Umzäunung, ich pflückte die Blumen, denn waren diese drei über Nacht erblühten Rosen – die ersten

Rosen des Jahres – nicht der erste Kuss des Frühlings? Eine Ankündigung und ein Versprechen? Und ich begann zu laufen, zu laufen, denn ich konnte nicht mehr länger in Paris bleiben.

Ich lief zu meinem Hotel, eilte vier Stufen auf einmal nehmend die Treppe hinauf. Ich stürmte in mein Zimmer, riss die Vorhänge auf, begann fieberhaft im Spiegelschrank zu wühlen. Wäschestücke, Manuskripte, Kleider, Bücher flogen durch den Raum, denn ich war ausser mir vor Ungeduld, dem Frühling nachzurennen, ihn einzufangen, ihn irgendwo zu entdecken, egal wo, nur ... möglichst weit weg!

Ich musste weg.

Zu jener Zeit waren noch die Louisdor in Umlauf. Da ich nie habe rechnen können, sparen, Geld auf die Seite legen ... weil es mich ärgert, wenn ich weiss, wieviel ich besitze, was ich ausgeben und was ich nicht ausgeben kann, und weil ich die Überraschung, das Vabanquespiel über alles mag, wo doch die meisten Leute sich vom Geld erdrücken lassen und hässlich werden davon, hatte ich, als ich vom Notar nach Hause kam, wo man mir die Erbschaft meiner Tante ausgehändigt hatte, nicht etwa, um meine Verschwendungssucht zu zügeln, und auch nicht, um es Rothschild gleichzutun, sondern, um zu sehen, ob – wenn ich dem Zufall und dem Unerwarteten freie Hand liesse – das Geld auf diese Weise etwas länger reichen würde, die Goldstücke mit vollen Händen und auf gut Glück im Spiegelschrank und hinter den Möbeln meines Hotelzimmers versteckt. Ich wusste also nie genau, was mir noch blieb, und den ganzen Winter über hatte ich jedesmal, wenn ich Moneten brauchte, mein verstreutes Gold zwischen meinen Taschentüchern, Socken, Hemden und Papieren suchen müssen. Im übrigen kam es hie und da vor, dass beim Blättern in einem Buch zu meiner Überraschung ein Geldstück herausfiel, was mich jeweils zwang, die Lektüre zu unterbrechen und in die erstbeste Kneipe zu gehen. Seit einiger Zeit jedoch war ich gezwungen gewesen, sogar unter den Möbeln und unter den Teppichen zu suchen, denn meine Barschaft war ziemlich zusammengeschmolzen.

An jenem Morgen nun schnürte ich also fieberhaft meine Manuskriptbündel auf, schüttelte meine Bücher eines nach dem andern, stellte alles auf den Kopf, kehrte das Unterste nach oben, wühlte in den sauberen Pyjamas, in den Unterhemden, Unterhosen, in der schmutzigen Unterwäsche ... ich brachte nicht mehr als neun Zwanzigfranc- und drei Zehnfranc-Stücke zusammen. Ich zählte und zählte die wiedergefundenen Münzen, ich liess sie von der einen Hand in die andere gleiten ... weit würde ich damit nicht kommen! Doch es war tatsächlich alles, was ich besass.

Ein letzter Rundgang durch mein Zimmer, eine letzte Suchaktion, ich warf alles durcheinander, rollte die Teppiche zusammen, schob die Möbel herum, stülpte die Taschen meiner Kleidungsstücke heraus, bevor ich sie in die Koffer stopfte, schüttelte eines nach dem andern nochmals tüchtig meine Bücher, die ich verpackt und verschnürt einstellen wollte, suchte sogar im Klavier und in der hintersten Schublade ... doch nicht der kleinste Pimperling kam zum Vorschein.

Zweihundertzehn Francs.

Das war alles.
Und dann eilte ich zum Bahnhof.

ECOLE de BOTANIQUE

Ich sprang auf die erstbeste Strassenbahn auf, die mich zum Gare du Nord brachte.

In der Bahnhofshalle stürzte ich zum erstbesten offenen Schalter, wo man Fahrkarten für die Fernzüge lösen konnte.

– Für hundert Francs bitte! schrie ich dem verdutzten Beamten zu.

– Wie bitte ...? Sie wünschen ...?

– Sie haben richtig gehört, für hundert Francs!

– Aber ... wohin möchten Sie fahren, mein Herr? erwiderte dieser Idiot.

– Das ist mir egal. Geben Sie mir eine Fahrkarte für hundert Kröten, einfache Fahrt, dritte Klasse, oder – zum Teufel – vierte, wenn es das gibt!

Der Bahnbeamte trug eine silberbetresste Mütze und Ärmelschoner aus Futterstoff, ein richtiger Blödling mit einem billigen Zwicker auf der spitzen Nase. Jahre später, als man Joseph Delteil zu mir brachte, glaubte ich, es sei dieser jämmerliche kleine Kerl vom Gare du Nord, der vor mir stand, und Delteil hiess für mich fortan der *Kleine Bahnbeamte* ... darum habe ich mir nie auch nur ein einziges Buch dieses Intriganten zu Gemüte führen können, den ganz Paris eine Zeitlang für einen Phönix gehalten hat.

Joseph Delteil war wie mein Schalterbeamter ein schmächtiges, ungewaschenes und ungezogenes Männlein mit einer pickeligen Haut; es fehlten nur noch die Mütze und die Ärmelschoner, dafür trug der arme Kerl Knopfstiefel. Ich erinnere mich, dass mich dieses kleine Detail entzückte, denn es vervollkommnete nach so vielen Jahren das Bild meines kleinen Schalterbeamten vom Gare du Nord.

Natürlich hatte ich damals, als ich vor dem Schalter stand, die Füsse dieses Rüpels nicht sehen können. Doch ich erinnere mich, dass der schmuddelige Kerl eben dabei war, in den Zähnen herumzustochern, und indem er mit einem schmutzigen Zahnstocher auf eine Anzeigetafel rechts vom Schalter deutete, hatte der Mann hinter dem Gitter zu mir gesagt:

– Nun, wenn Sie nicht wissen wohin, schauen Sie nach!

Und er stocherte weiter in seinen Zähnen herum, genau wie Delteil, als wir uns zusammen unterhielten, damals, in meinem Landhaus, an einem Neujahrstag, übrigens das einzige Mal, dass er den Fuss in mein Haus gesetzt hat, 1930 oder 31 ist das gewesen.

Das Plakat war ein Eisenbahntarif mit den Fahrpreisen für 1., 2. und 3. Klasse, Schlafwagen, Luxusklasse, Zuschlag für zusätzliches Gepäck, Hin- und Rückfahrt von Paris nach ungefähr dreissig Städten im Ausland, die in alphabetischer Reihenfolge aufgeführt waren.

– Gut, geben Sie mir eine Fahrkarte nach

Sankt Petersburg, dritte Klasse, nur die Hinfahrt.

Ich hatte Sankt Petersburg gesagt, weil die Zeile mit dem Namen dieser Stadt genau auf meiner Augenhöhe lag.

– Sankt Petersburg, einfach, dritte Klasse, achtundneunzig Francs fünfundsiebzig! verkündete der Mann.

Ich bezahlte, raffte einen Franc fünfundzwanzig Kleingeld zusammen, lief zum Bahnsteig und setzte mich in ein Abteil.

Ich war zu früh. Der Zug fuhr erst in einer Stunde. Doch ich rührte mich nicht von der Stelle und blieb in meiner Ecke sitzen.

# Nachwort

Der Text „Abhauen" („Partir") aus der Feder von Blaise Cendrars repräsentiert nicht nur „eine der wichtigsten Obsessionen" (1), die Blaise Cendrars eigen waren, sondern hat eine spannende Editionsgeschichte, die sehr typisch ist für das Werk und das Wirken dieses Schriftstellers.

Unter dem Titel „Partir" ist in der Monatszeitschrift „Revue de Paris" im Oktober 1952 ein Text von Cendrars erschienen, der in den beiden bisherigen französischen Gesamtausgaben fehlt. In den Kommentaren dieser Ausgaben und anderswo war – neben vielen anderen, nie geschriebenen oder verschollenen Cendrars-Titeln – immer wieder von einem Text die Rede, der „Sans

Nom" („Namenlos") heisst, jedoch nie gefunden wurde. Auch Cendrars selber erwähnt diesen Text zum Beispiel in seinen „Rhapsodies gitanes" („Zigeunerrhapsodien"), wo er erzählt, wie er sich 1916 unweit von Paris, in La Pierre, für 26 Francs Miete pro Jahr in einer verlassenen Scheune installierte:

„In dieser Scheune, wo ich fast ein Jahr lang blieb, habe ich für Monsieur Doucet, den Modeschöpfer von der Rue de la Paix, *L'Eubage* geschrieben, diese Reise 'Zu den Antipoden der Einheit', und dann in einer Nacht (es war jene meines 29. Geburtstages, am 1. September) *La Fin du monde filmée par l'Ange Notre-Dame*, die schönste Nacht, die ich jemals mit Schreiben verbrachte (wie man sich seiner schönsten Liebesnacht erinnert); wie wunderbar sie war, habe ich in einer Erzählung beschwört, die bis jetzt unpubliziert geblieben ist, weil sie es mir so sehr angetan hat: *Sans Nom*." (2)

Nach andern (Selbst-)Zeugnissen hat Cendrars „L'Eubage – Aux antipodes de l'unité" zwar wohl in La Pierre, aber erst 1917 geschrieben – aber was soll's.

Das Vorhandensein eines unbekannten, von Cendrars in der zitierten Passage erwähnten Textes mit dem Titel „Sans Nom" hat neben vielen andern, die auf den Spuren von Blaise Cendrars wandeln, auch den Cendrars-Forscher und Verleger Hughes Richard im schweizerischen Les Ponts-de-Martel beflügelt. Gleichzeitig liess ihm der Text „Partir" aus der „Revue de Paris" vom Oktober 1952 keine Ruhe. Kombinationsgabe und Finderglück (oder Zufall?) belohnten die jahrzehntelange Suche dieses unermüdlichen Kämpen. Im Cendrars-Nachlass, den die Schweizerische Landesbibliothek 1975 erwarb, entdeckte Richard nicht nur in einem längeren, allerdings undatierten Manuskript eine Textpassage, die den Zeilen von „Partir" durchaus ähnlich sah, sondern auch einen aufschlussreichen Brief von Marcel Thiébaut, Redaktor der „Revue de Paris", datiert vom 9. April 1952.

Wie Hughes Richard in seinem Nachwort zu seiner rekonstruierten französischen Erstausgabe von „Partir" nachweist, hat Thiébaut schon seit 1948 (seit Erscheinen des Buches „Bourlinguer") Blaise Cendrars um einen Beitrag für seine Zeitschrift gebeten. Im Frühjahr 1952 schickt der Schriftsteller ihm schliesslich sein „Partir". Wie Hughes Richard 1986 nachweisen konnte, handelt es sich bei diesem Text um den verschollen geglaubten Text „Sans Nom", an dem Cendrars so viel gelegen war.

Denn in seinem Brief vom 9. April 1952 nimmt Thiébaut indirekt Bezug auf diesen Titel. Er rät dem Autor, den Text, den dieser ihm zuschickte, zu kürzen – und zwar um die „ersten neun Zeilen, die auf das Schiff *Sans Nom* verweisen" (3). Ursprünglich war der in der „Revue de Paris" publizierte Text von Cendrars als Teil einer Geschichtensammlung unter dem (Arbeits-)Titel „Sans Nom" gedacht, wie Pierre Tisné sich erinnert (4); als Teil eines ganzen Buches, das vom Abhauen erzählt. „Sans Nom" hiess für Cendrars das Schiff, auf dem er 1911 von Libau in Lettland nach New York reiste und dessen Namen ihm entfallen war.

Liest man „Abhauen" oder „Partir" als in sich geschlossenes Fragment, machen die neun gestrichenen Eingangs- oder Überleitungszeilen, die Richard im Nachwort zu seiner rekonstruierten Erstausgabe zitiert (5), tatsächlich keinen Sinn.

Den Titel „Partir" hat Thiébaut, seit 1927 Chef der „Revue de Paris" und ein grosser Cendrars-Bewunderer, dem Autor als Ersatz für „Sans Nom" vorgeschlagen. Doch hat er auch zahlreiche Änderungen im Text verlangt. So etwa das Streichen von vier unbequemen Zeilen über Marcel Proust, denn „Prousts Nichte hat uns unveröffentlichte Texte ihres Onkels gegeben und verspricht uns weitere" (6). Ferner verlangte Thiébaut, dass die Anspielungen auf Madame de Noailles, eine Freundin von Jean Cocteau (mit dem Cendrars Schwierigkeiten hatte), gemildert würden; auch war der Herausgeber nicht damit einverstanden, dass Cendrars Sigmund Freud (der ihm verhasst war, weil er das Unbewusste zu deuten und zu systematisieren versuchte) in die Galerie seiner Pariser Ganoven aufnahm; und auch die Abrechnung mit dem Schriftsteller Joseph Delteil, die Cendrars zelebriert, kam der „Revue de Paris" damals ungelegen.

Anhand des Manuskriptes, das in der Schweizerischen Landesbibliothek liegt, hat Hughes Richard „Partir" rekonstruiert. Der französische Originaltext seiner Ausgabe liegt dieser erstmaligen Übersetzung ins Deutsche zugrunde. Im Zuge der weiteren Editionsarbeiten, die das Centre d'Etudes Blaise Cendrars an der Universität Bern in Zukunft unternehmen wird, mag wohl dereinst auch ein Band erscheinen, der Cendrars' Phantasien vom Abhauen in einem weiteren Umfeld präsentiert.

Fürs erste ist dieser kleine Text nun einmal als Trouvaille auch auf deutsch zugänglich. Er enthält in der Tat ein gutes Stück Lebensprogramm à la Cendrars, wie dieser Autor es immer wieder – gerade auch in seinen Gedichten, aber auch in seinen längeren Prosatexten – formulierte. Im übrigen ist „Abhauen" eine ideale Ergänzung zur ersten deutschen Ausgabe von „L'Eubage", die gleichzeitig mit diesem Buch unter dem Titel „Im Hinterland des Himmels" erschien (7). Auch da handelt es sich um ein Abhauen – in die fernsten Phantasiegebilde hinein. Im Gegensatz zu „L'Eubage" ist der Zeitpunkt der Niederschrift von „Abhauen" unbekannt. Das Manuskript, das erhalten blieb, ist – wie gesagt – ohne Datum. Jedenfalls handelt es sich um einen Rückblick auf die eigene Biographie, der schon einordnet – und nicht um einen Text von so elementarer Sprengkraft wie „L'Eubage" von 1917. Hughes Richard siedelt „Partir" aufgrund von Vermutungen in den dreissiger Jahren an; auf jeden Fall muss diese Geschichte vor 1947, dem Erscheinungsjahr der „Rhapsodies gitanes" (in denen Cendrars sie erwähnt), geschrieben worden sein. Und auf jeden Fall bildet sie – als Fragment – auch einen Schlüssel zu jenem Blaise Cendrars, der „L'Eubage" geschrieben hat.

*Peter Burri*

1) Blaise Cendrars: „Partir", Editions Hughes Richard, CH-2316 Les Ponts-de-Martel, 1986 (S. 61)
2) Oeuvres complètes, Denoël, Paris 1960–1965, Bd. 5, S. 221

3) Blaise Cendrars: „Partir", Ausgabe Hughes Richard, S. 61
4) Gesamtausgabe Blaise Cendrars im Club français du livre, Paris 1969–1971, Bd. 5, S. XVII ff.
5) Blaise Cendrars: „Partir", Ausgabe Hughes Richard, S. 68
6) Blaise Cendrars: „Partir", Ausgabe Hughes Richard, S. 69
7) Blaise Cendrars: „Im Hinterland des Himmels – Zu den Antipoden der Einheit", Lenos Verlag, Basel 1987

*Aus dem Französischen von Giò Waeckerlin Induni*
*560 Seiten, gebunden, mit Schutzumschlag*
*ISBN 3 85787 274 8*

„Eine geballte Ladung von Erinnerungen" (so eine zeitgenössische Stimme), die entscheidende Lebenserfahrungen Cendrars' an elf europäischen Hafenstädten festmacht.

Deutsche Erstausgabe

Blaise Cendrars im Lenos Verlag

*Eine Begegnung*
*Aus dem Französischen von Giò Waeckerlin Induni*
*Mit Fotos von Jean Manzon*
*145 Seiten, gebunden, mit Schutzumschlag*
*ISBN 3 85787 174 1*

„Was er über das Land sagt, bezieht sich wohl präzis auf die damalige Situation, aber es ist vor allem ein ganz und gar eigenständiger, hinreissender Text entstanden, wie ein Wirbelsturm, der die Empfindungen fortreisst."
*Basler Zeitung*

## Blaise Cendrars im Lenos Verlag

*Die Geschichte seiner Jugend*
*Aus dem Französischen von Giò Waeckerlin Induni*
*Mit einem Nachwort von Claude Leroy*
*132 Seiten, gebunden, mit Schutzumschlag*
*ISBN 3 85787 194 6*

„Es ist ein Text von mitunter ekstatischem Schwung und ganz gar durchdrungen von der unbezähmbaren Lust am Abenteuerlichen."
*Solothurner Zeitung*

## Blaise Cendrars im Lenos Verlag

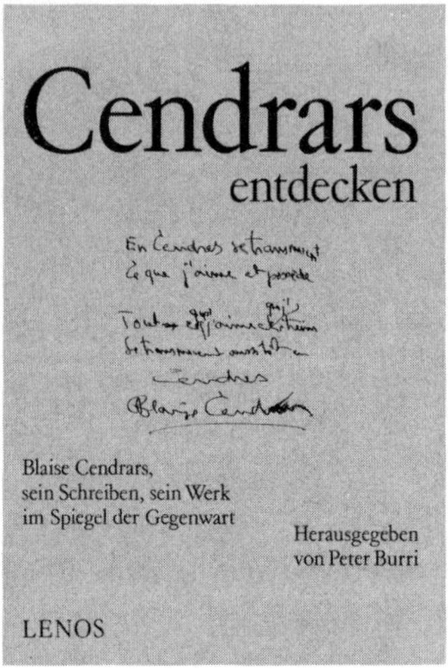


*Blaise Cendrars, sein Schreiben, sein Werk im Spiegel der Gegenwart*
*Herausgegeben von Peter Burri*
*126 Seiten, broschiert*
*ISBN 3 85787 152 0*

*Cendrars entdecken* enthält Beiträge von Cendrars-Kennern, -Wissenschaftlern und -Liebhabern, darunter einige aus dem französischen Sprachraum, die erstmals auf deutsch übersetzt wurden.
„Ein guter Einstieg in Cendrars' Werk und eine empfehlenswerte Ergänzung zu Miriam Cendrars' Biographie über ihren Vater."
*Schweizer Bibliotheksdienst*

Blaise Cendrars im Lenos Verlag

*Eine Biographie*
*Aus dem Französischen von Giò Waeckerlin Induni*
*615 Seiten, gebunden, mit Schutzumschlag*
*ISBN 3 85787 151 2*

„Ein atmosphärisch dichtes, ungemein detailreiches Buch … ein beeindruckendes Panorama europäischer (und brasilianischer) Avantgarde in ihren Städten, eine anregende Passage durch die Kulturgeschichte der ersten Jahrhunderthälfte."
*Frankfurter Rundschau*

BELLETRISTIK IM LENOS VERLAG
Auswahl lieferbarer Titel

Abdallah, Jachja Taher: Menschen am Nil
Baalabakki, Laila: Ich lebe
Bachmann, Guido: Der Basilisk
Bachmann, Guido: Dionysos
Bachmann, Guido: Echnaton
Bachmann, Guido: Gilgamesch*
Bachmann, Guido: Die Kriminalnovellen
Bachmann, Guido: lebenslänglich
Bachmann, Guido: selbander
Bachmann, Guido: Die Wirklichkeitsmaschine
Bachmann, Guido: Zeit und Ewigkeit
Bakr, Salwa: Atijas Schrein
Bakr, Salwa: Die einzige Blume im Sumpf*
Bakr, Salwa: Der goldene Wagen fährt nicht zum Himmel
Barakat, Salim: Der eiserne Grashüpfer
Becher, Ulrich: Abseits vom Rodeo
Becher, Ulrich: Das Profil
Becher, Ulrich: Vom Unzulänglichen der Wirklichkeit
Becher, Ulrich/Grosz, George: Flaschenpost
Bovard, Jacques-Etienne: Warum rauchen Sie, Monsieur Grin?
Bührer, Jakob: Lesebuch
Burri, Peter: F.
Burri, Peter: Glanzzeiten
Burri, Peter: Tramonto
Burri, Peter (Hrsg.): Lucio Dalla. Liedtexte
Burri, Peter: Cendrars entdecken
Büsser, Judith: Wera R.
Cendrars, Blaise: Abhauen*
Cendrars, Blaise: Auf allen Meeren
Cendrars, Blaise: Brasilien
Cendrars, Blaise: Im Hinterland des Himmels
Cendrars, Blaise: John Paul Jones
Cendrars, Blaise: Die Prosa von der Transsibirischen Eisenbahn
Cendrars, Miriam: Blaise Cendrars. Eine Biographie
al-Charrat, Edwar: Safranerde*
Chraibi, Driss: Ermittlungen im Landesinnern*
Crauer, Pil: Das Leben und Sterben Paul Irnigers
al-Daïf, Raschid: Lieber Herr Kawabata
Deschner, Karlheinz: Nur Lebendiges schwimmt gegen den Strom*
drehpunkt-Reprint 1968–1979 · drehpunkt-Reprint 1980–1988

drehpunkt Nr. 100: Über Erwarten
Dschabra, Dschabra Ibrahim: Der erste Brunnen
Errera, Eglal: Isabelle Eberhardt
Faes, Urs: Bis ans Ende der Erinnerung
Faes, Urs: Der Traum vom Leben
Faes, Urs: Webfehler
Farner, Konrad: Lesebuch
Farron, Ivan: Ein Nachmittag mit Wackernagel
Fringeli, Dieter: Das Heimatlos
Geiser, Christoph: Disziplinen
Geiser, Christoph: Mitteilung an Mitgefangene
Geiser, Christoph: Zimmer mit Frühstück*
Ghalem, Ali: Die Frau für meinen Sohn*
al-Ghitani, Gamal: Seini Barakat*
Greising, Franziska: Kammerstille*
Habibi, Emil: Der Peptimist*
Habibi, Emil: Sarâja, das Dämonenkind
Habibi, Emil: Das Tal der Dschinnen*
Horem, Elisabeth: Der Ring
Huber, Leopold: Zug nach Süden*
Ibrahim, Sonallah: Der Prüfungsausschuss*
Idris, Jussuf: Die Sünderin
Jenny, Matthyas: Alles geht weiter, das Leben, der Tod*
Jenny, Matthyas: Die Beschreibung der Tiefsee
Kanafani, Ghassan: Bis wir zurückkehren*
Kanafani, Ghassan: Das Land der traurigen Orangen*
Kanafani, Ghassan: Männer in der Sonne / Was euch bleibt
Kanafani, Ghassan: Umm Saad / Rückkehr nach Haifa*
al-Koni, Ibrahim: Blutender Stein*
al-Koni, Ibrahim: Goldstaub
Kuhn, Heinrich: Boxloo
Kuhn, Heinrich: Harrys Lächeln
Kuhn, Heinrich: Schatz und Muus*
Kuhn, Heinrich: Der Traumagent
Laabi, Abdellatif: Kerkermeere
Laplace, Yves: Ein vorbildlicher Mann
Lehner, Peter: Bier-Zeitung
Lehner, Peter: Lesebuch
Lehner, Peter: Nebensätzliches
Lehner, Peter: WAS ist DAS
Lexikon der Schweizer Literaturen
al-Machsangi, Muhammad: Eine blaue Fliege
Mamduch, Alia: Mottenkugeln
Marti, Kurt: Der Geiger von Brig

Marti, Kurt: Heil Vetia
Mercanton, Jacques: Die Stunden des James Joyce
Mina, Hanna: Bilderreste
Morgenthaler, Hans: HAMO, der letzte fromme Europäer
Morgenthaler, Hans: Der kuriose Dichter
Munif, Abdalrachman: Östlich des Mittelmeers
Nasrallah, Emily: Flug gegen die Zeit
Nasrallah, Emily: Septembervögel*
Nasrallah, Emily: Das Pfand
Rivaz, Alice: Aus dem Gedächtnis, aus dem Vergessen
Rivaz, Alice: Der Bienenfriede*
Rivaz, Alice: Schlaflose Nacht*
Rivaz, Alice: Wolken in der Hand*
Roth-Hunkeler, Theres: Die Gehschule*
al-Sajjat, Latifa: Durchsuchungen
Salich, Tajjib: Zeit der Nordwanderung
Saner, Hans: Die Anarchie der Stille*
al-Scheich, Hanan: Sahras Geschichte*
Schmidli, Werner: Meinetwegen soll es doch schneien*
Schneider, Hansjörg: Der Bub
Schwarzenbach, Annemarie: Auf der Schattenseite
Schwarzenbach, Annemarie: Bei diesem Regen*
Schwarzenbach, Annemarie: Freunde um Bernhard*
Schwarzenbach, Annemarie: Jenseits von New York*
Schwarzenbach, Annemarie: Lyrische Novelle*
Schwarzenbach, Annemarie: Tod in Persien*
Sekula, Sonja: Im Zeichen der Frage, im Zeichen der Antwort
Stalder, Robert: Ein Schatten zuviel
Stark-Towlson, Helen: Die Frau im Park
Tamer, Sakarija: Frühling in der Asche
Walter, Otto. F.: Folgendes
Wiesner, Heinrich: Das Dankschreiben
Wiesner, Heinrich: Lakonische Zeilen
Wiesner, Heinrich: Der längste Karfreitag
Wiesner, Heinrich: Der Riese am Tisch*
Wiesner, Heinrich: Schauplätze
Wiesner, Heinrich: Welcher Gott denn ist tot
Wiesner, Heinrich: Die würdige Greisin
Z'Graggen, Yvette: Matthias Berg
Ziegler, Hilde: Während der Verlobung ...*
Zimmermann, Curt: Zechprellen

* als Taschenbuch in der Reihe LENOS POCKET